Ma Dys

Benjamin BELANDO

Ma Dys

« La dyslexie a changé ma vie »

Dessins de Christine DALMASSO

Édition : BoD – Books on Demand,
12/14 rond-point des Champs-Élysées, 75008 Paris
Impression : BoD - Books on Demand,
Norderstedt, Allemagne
Illustrations : Christine DALMASSO

ISBN : 978-2-3222-5493-4
Dépôt légal : Juillet 2021

« *Il vaut mieux être un lion pour un jour qu'un mouton toute sa vie… Un dyslexique ne doit pas être un mouton mais un lion pour se battre au quotidien et avancer dans un monde qui lui a attaché un boulet au pied avant même de commencer à vivre.* »

INTERIEUR JOUR - CHAMBRE

C'est le matin, le soleil n'est pas complètement levé lorsque l'alarme retentit. Ben, la trentaine, se réveille péniblement et allume sa lampe de chevet. Alors qu'il ouvre les yeux, l'image d'un lion vêtu d'une tenue de footballeur américain surgit comme lui sortant du crâne.

Il se gratte la tête, s'assoit sur son lit et se frotte les yeux en baillant.

Une image du lion faisant face à un Predator apparait. Ben s'étire longuement puis jette un œil à son téléphone portable.

Rien de plus qu'un mail d'une amie reçu la semaine dernière et un sms de son cousin datant de trois jours. Il ouvre le mail, commence à y répondre mais les mots ne lui viennent pas. Le lion lui apparait en tenue décontractée.

BEN

J'aime bien cette fille. Elle est vraiment gentille et marrante. J'apprécie beaucoup sa compagnie. J'ai passé de supers moments avec elle.

LION

Alors, réponds-lui simplement. Tu sais que la sincérité c'est toujours la meilleure solution.

BEN

Ce n'est pas si facile… Si je réponds trop franchement, juste avec mes propres mots, elle ne comprendra pas et ne me prendra pas au sérieux. Et puis je peux la blesser involontairement en n'utilisant pas les bons mots. C'est compliqué !

LION

Mais si tu ne réponds pas assez vite, elle pensera que votre histoire est sans importance, que tu t'en moques et ça va la contrarier. Pire, tu risques de vraiment la décevoir.

BEN

Je sais… C'est frustrant !

Il sauvegarde le brouillon de son message et passe à autre chose. Il ouvre le sms de son cousin. Celui-ci l'informe qu'il est devenu papa d'une petite fille et qu'il

est aux anges. Ben sourit et réfléchit à
sa réponse. Le lion l'observe.

                    BEN
Un bébé… une petite fille… une enfant qui
va grandir…
                    LION
Non, elle ne sera pas comme toi. C'est
génétique mais ça peut sauter des
générations.

                    BEN
Je l'espère…

                    LION
Pourquoi ? C'est tellement un enfer pour
toi ?

                    BEN
Vraiment ? Tu me poses la question ?

Le lion sourit et claque des doigts.

EXTERIEUR JOUR — CHEMIN — FLASH-BACK
Ben est âgé de moins de 10 ans. Il marche
dans la rue à côté de sa mère. Il vient de
quitter l'école mais ne rentre pas
directement chez lui. Sa mère et lui se
dirigent vers un immeuble qu'il ne connait
pas.

A côté de la porte se trouve une plaque indiquant un cabinet d'orthophoniste.

INTERIEUR JOUR – BUREAU – FLASH-BACK
Le médecin fait passer à Ben une série de tests, divers exercices de langage, d'écriture, de compréhension et même de concentration. Cela dure pratiquement deux heures. C'est interminable pour un petit bonhomme. A la fin de cette longue séance le spécialiste analyse tous les tests avant de donner son implacable diagnostic.

ORTHOPHONISTE (A LA MERE)
Votre fils est dyslexique.

La mère reste le plus calme possible, tentant de ne pas montrer son inquiétude. Elle s'y attendait un peu. A l'école, les enseignants avaient évoqué ce disfonctionnement.

MERE
C'est bien ce que l'on craignait. Mais de quel niveau de trouble parle-t-on ?

ORTHOPHONISTE
Une forme assez sévère j'en ai bien peur. Il va falloir beaucoup de temps et de nombreuses séances d'exercices pour corriger ses lacunes. L'enseignement sera plus contraignant pour votre fils. Cela va

lui demander beaucoup plus d'efforts qu'aux autres enfants.

MERE

C'est un handicap sérieux ?

ORHOPHONISTE

Oui, je ne vous le cache pas !

MERE

Est-il envisageable que cela disparaisse avec le temps ?

ORTHOPHONISTE

Non, je suis navré. La dyslexie c'est un trouble à vie. Mais avec beaucoup de travail on peut obtenir d'excellents résultats. Cela demande courage et persévérance.

MERE

Comment ça ?

ORTHOPHONISTE

Ce trouble va ralentir son apprentissage surtout pour la lecture et la compréhension. Les autres élèves vont assimiler tout bien plus vite. Il devra travailler plus et sans relâche pour parvenir au même niveau que ses camarades et réussir sa scolarité.

MERE

Mais il pourra réussir comme il le voudra ?

ORTHOPHINISTE

Tout dépendra du travail que l'on accomplira ensemble et aussi de sa motivation personnelle bien sûr. Si tout se passe bien, il pourra vivre une vie normale.

MERE

Mais ce ne sera pas facile…

La mère se tourne vers son fils qui a du mal à comprendre tout cela.

LION (OFF)

Et c'est là que mon existence a débuté !

Ben qui écoute vaguement sa mère voit apparaître derrière elle une silhouette de lion qui semble lui sourire.

LION

Le monde est une jungle Ben. Soit tu te bats de suite soit tu fuis pour toujours !

INTERIEUR JOUR - CHAMBRE

Ben dévisage le lion empreint d'une certaine nostalgie.

LION

Il est déjà 6h10 !

BEN

Ouais tu as raison et j'ai mon entretien d'évaluation ce matin. Je répondrai au message de mon cousin tout à l'heure.

LION

C'est plus judicieux !

BEN

Plus quoi ?

LION

Oui pardon. Plus pertinent !

BEN

Mais encore ?

LION

Ok disons que comme ça tu es sûr de ne pas arriver en retard à l'entretien !

BEN

Tu vois ce n'est pas si difficile d'utiliser un langage simple.

Le lion le regarde amusé.

Ben se lève et met de la musique,
« September » de Earth Wind and Fire.
Il entame un pas de danse. Une image
apparait alors, un groupe de personnes sur
une plage qui dansent ensemble, un
magnifique feu d'artifice éclate dans le
ciel juste derrière eux.

Ben va dans la salle de bain et commence
à se laver les dents. Une autre image
apparait, un avion en plein vol attaqué
par des aigles géants. Ben s'interrompt et
tourne la tête vers la droite. Le lion le
regarde en souriant.

LION

Ouais je pense que ça pourrait super bien le faire comme scène d'ouverture de ton prochain roman.

Ben se met à sourire en fixant le miroir.

BEN

Bienvenue dans mon monde !

INTERIEUR JOUR - SALON

Ben s'installe confortablement dans son fauteuil. Il est bien coiffé et habillé. Il commence à écrire le sms pour son cousin mais il est distrait par une image de requin la gueule grande ouverte.

Il s'interrompt et cherche immédiatement des informations sur internet.

Le lion lui apparait alors appuyé sur la tour Big Ben de Londres.

Il lève la tête. Le lion l'observe en souriant.

LION

Tu ne devais pas écrire ce sms ?

BEN

Ah ouais mais…

LION

Mais maintenant c'est un peu tard.

Ben enfile sa veste et sort de l'appartement.

INTERIEUR JOUR - COULOIR

Ben lit un livre sur les grands requins blancs et leur férocité lorsque lui apparaissent des images de vélo et de formule 1.

Il se prend la tête entre les mains quelques secondes. Les images se dissipent. Il se concentre pour lire mais relève la tête et perd encore le fil de son livre. Il se frotte le menton puis souffle. Il compte le nombre de pages qu'il a lues. Il n'en est qu'à la deuxième. Il secoue la tête et décide de relire attentivement le sms de son cousin.

> En ce jour, notre famille s'agrandit avec l'arrivée de Rebecca, 3 kilos de pur bonheur et de joie intense pour nous, ses parents. Dans l'attente de vous présenter cette petite merveille. 🫣

Ben sourit. Il va répondre car cette fois il a plus de temps devant lui.

BEN (OFF)

Rédige un message court et sympa, tu verras, ça ira tout seul, ce ne sont que des mots pas des monstres… Ouais mais il faut que je prouve mon implication, que je lui montre que ça me fait vraiment plaisir pour lui.

Il commence à écrire…

> Elle est arrivé en avance.

BEN (OFF)

Elle est « mordu » en avance donc « é ». T'es sur ? Oui je suis sûr. Si c'est « elle », il ne faut pas un « e » après le « é » ? Car c'est le verbe être ? Oui on l'accorde. Ok ! Au pire ce n'est pas grave c'est que le cousin…

> Elle est arrivée en avance. Je suis vraiment content pour vous deux. Félicitations. Je vous aime !

Ben souffle et regarde autour de lui. Sa chef de service arrive à côté de lui.

CHEF

Tu es en avance pour ton entretien c'est bien.

BEN

Oui je préfère arriver en avance. Je veux juste finir mon message avant.

Ben relit son message à plusieurs reprises, il fronce les sourcils. Il s'apprête à l'envoyer mais il hésite…

C'est alors d'un stade américain d'une foule le trouble.  que l'image de football rempli surexcitée

Il secoue la tête et tente de relire son message. Sa chef regarde par-dessus son épaule.

CHEF

Il n'y a que quelques mots ! Pourquoi tu le relis autant de fois ?

Ben n'envoie pas le sms mais l'enregistre en secouant la tête puis se lève.

CHEF
Tu peux le terminer tu sais.

BEN
Non, c'est bon. Je ne veux pas qu'on y passe la matinée.

Elle l'invite alors à la suivre pour passer l'entretien dans son bureau.

INTERIEUR JOUR - BUREAU
Ben est assis en face de sa chef de service.

CHEF
Ben, je ne peux pas te cacher que tu es un bon élément pour notre équipe mais tu fais tout de même trop d'erreurs…

La chef continue son monologue mais Ben ne l'écoute plus vraiment, son esprit vagabonde ailleurs.

CHEF

Ben, tu es d'accord ?

Les images disparaissent subitement. Ben la regarde, un peu hébété se souvenant juste de la fin de quelques-unes de ses phrases.

BEN

J'avoue avoir décroché dès ta seconde phrase… Mon esprit est encore parti ailleurs. C'est à cause de ce genre de problèmes que je fais des erreurs.

CHEF

Pardon ?

Ben a un moment d'hésitation. Il voit le lion apparaitre derrière elle.

LION
Tu perds ton temps avec ces explications !

BEN (AU LION)
Mais il faut que tu m'aides pour qu'elle comprenne. Il faut que ce soit toi !

LION
Ben, à ton avis qui suis-je ?

Ben sourit et fait un clin d'œil au lion puis fixe sa chef.

BEN
Je dois t'expliquer mon problème. Je suis dyslexique. Et pour te faire comprendre mon handicap, je vais te donner un exemple concret.

CHEF
Ben, si tu étais vraiment dyslexique ça se verrait ! Je pense juste que par moment, tu n'as pas envie de faire d'efforts.

Le lion derrière elle sort ses griffes. Ben lui fait signe de se calmer.

BEN
Ta remarque me pousse encore plus à t'expliquer et même à te montrer. Je vais

te décrire ce que je ressens quand je suis au boulot et tu vas comprendre ce que ça implique d'être dyslexique et pourquoi mon travail paraît parfois bâclé.

                    CHEF
Ok je t'écoute.

                    BEN
Passe-moi une feuille de soins, s'il te plait. A travers notre métier de décompteur, je vais te montrer ce qu'entraine ma dyslexie pour que tu comprennes. On est d'accord sur le fait que, normalement, le métier d'un décompteur c'est de saisir dans un logiciel les éléments inscrits sur les feuilles de maladie afin que les assurés soient remboursés de leurs frais médicaux.

                    CHEF
C'est simplement résumé mais oui c'est ça !

                    BEN
Et bien, maintenant je vais te montrer ce que ce travail implique pour moi, ce qu'il me fait… Prête ?

La chef acquiesce de la tête.
Ben commence à taper sur son clavier…

EXTERIEUR JOUR - OCEAN
Ben et sa chef sont en plein océan en train
de surfer côte à côte.

CHEF
Ben ? Où sommes-nous ? Tu t'es transformé
en lion ?

LION
Oui. Tu es entrée dans mon imagination.

CHEF
Mais il y a deux secondes on était dans
mon bureau et tu étais humain !

LION
Oui et maintenant on est dans mon
histoire. Laisse-toi faire !

CHEF
Dis comme ça, ça parait extrêmement
bizarre.

LION
Notre travail, c'est des dossiers, des
feuilles de papier, des codes, des
lettres, des chiffres, des montants… Mais
dans ma tête tout ça se transforme en
scènes de film.

CHEF
Je dois t'avouer que je ne suis pas fan de
l'eau !

LION

Et moi donc ! C'est l'une de mes plus grandes peurs ! Mais ce n'est pas l'eau le souci, c'est ce qui s'y cache !

Sa chef le dévisage, perplexe. Le lion ferme un instant les yeux…

Le lion rouvre les yeux, met des écouteurs sans fils dans ses oreilles et la musique de Phil Collins « Easy Lover » retentit. Les images disparaissent. Le lion sourit.

CHEF

Ben ! C'est juste une feuille de soins !

LION

Pas pour moi !

Le lion souffle et lève les bras. Au même moment un énorme requin blanc bondit hors de l'eau juste sous la planche de surf et projette le lion en l'air. Le lion retombe sur le squale monstrueux et lui plante ses griffes dans la tête. Le requin saigne, s'énerve, se débat mais finit par sombrer dans les profondeurs entrainant le lion avec lui. Sa chef tente de réagir, un peu ébahie par la scène. La musique monte en volume. Soudain, elle voit le lion ressortir de l'eau, surfant sur le dos d'une orque, l'aileron du requin dans la gueule !

LION

Voilà ça c'est fait !

INTERIEUR JOUR - BUREAU
Ben valide la demande de remboursement puis repose la feuille sur le côté. Sa chef l'observe, une main devant la bouche, choquée.

                         BEN
Des questions ?

                         CHEF
Heu… Je…

Ben attrape une autre feuille de soins et recommence à saisir.

                         CHEF
Heu… Tu fais quoi là, Ben ?

                         BEN
Il te faut un autre exemple.

Ben lui fait un clin d'œil.

EXTERIEUR JOUR – RUE DE LONDRES

Le lion est en train de conduire une voiture de sport à très vive allure dans le centre de Londres. Il augmente le volume du poste qui joue « Better as One » de The Heavy. Sa chef assise sur le siège passager, s'agrippe à la poignée de la porte.

LION (A LUI MÊME)

N'oublie rien !

Il regarde dans le rétroviseur mais ne voit personne. Il accélère encore et slalome entre les voitures. Il jette un coup d'œil sur la droite quand un T. rex heurte brutalement le côté de la voiture avec sa tête.

                    LION
Bordel, c'est vrai ! Ils n'attaquent
jamais par l'arrière ! Ah merde !

La chef est effrayée.
                    CHEF
C'est un cauchemar ? Un dinosaure dans les
rues de Londres et un T. rex en plus ! Moi
qui ai pleuré la première fois que j'ai vu
Jurassic Park !

                    LION
Petite nature.

Le lion prend une autre route et emprunte
un pont au-dessus de la tamise. Le T. rex
ne se laisse pas distancer et se rapproche
dangereusement.

INTERIEUR JOUR - BUREAU
Ben retourne la feuille de soins.

EXTERIEUR JOUR – RUE DE LONDRES
Le T. rex heurte à nouveau le côté de la
voiture qui glisse sur plusieurs mètres
avant de s'encastrer violemment dans les
grilles métalliques du Parlement devant
Big Ben.

                    LION
Et merde, putain !

                         CHEF
On ne se trouve pas vraiment là n'est-ce
pas ?

                         LION
Ah ouais tu crois ?

Le T. rex se retourne et s'éloigne. Le
lion se met à donner des coups rageurs
contre le volant.

INTERIEUR JOUR - BUREAU
Ben ricane nerveusement.

                         BEN
Merde ! J'ai déjà vu ce problème-là la
semaine dernière !

                         CHEF
Qu'est-ce que tu as vu ?

Il y a un silence.

EXTERIEUR JOUR — RUE DE LONDRES
Des images surgissent à nouveau.

Le lion rugit de douleur et de colère mais parvient à redémarrer et à accélérer droit devant sans trop savoir où il va, les yeux fermés. La chef grimace et fait comme si elle voulait freiner avec ses pieds. Le T. rex réapparait en face d'eux. Il est en train de détruire tout ce qui se trouve autour de lui. Le lion rouvre les yeux d'un coup, les images disparaissent.

LION

On va le massacrer !

Le T. rex ouvre grand la gueule. Le lion appuie sur un bouton du tableau de bord faisant sortir des canons des phares. Il tire plusieurs fois. Les projectiles atteignent directement la tête du dinosaure qui explose. Le pare-brise de la voiture est recouvert de sang. Le lion met simplement les essuie-glaces en marche.

LION
Ça c'est fait !

CHEF
En fait tu n'es pas atteint de dyslexie mais de folie pure !

LION
Ce que tu vois est une métaphore de mon combat ! Tu dis toi-même qu'on ne décèle rien chez moi. Tu crois que ce métier n'a rien de compliqué. Voilà ce que ça représente vraiment pour quelqu'un comme moi. Voilà la douleur que ça m'inflige. C'est une lutte infernale ! Même si, vu de l'extérieur, ça parait facile, c'est totalement faux !

INTERIEUR JOUR - BUREAU
La chef se racle la gorge et le regarde encore plus bizarrement.

BEN
Tu penses que je suis complètement cinglé à présent alors il te faut un dernier

exemple pour enfoncer le clou une bonne
fois pour toute ! Je vais te montrer mes
bêtes noires.

                    CHEF
D'accord…

Ben prend une autre feuille et recommence
à taper à l'ordinateur.

EXTERIEUR JOUR - ALASKA
Le lion danse sur un lac gelé, la musique
de Marvin gay et Tammi Terrell « Ain't no
mountain high enough » dans les oreilles.
Sa chef, debout à côté de lui, est
frigorifiée.

        LION (A VOIX HAUTE A LUI-MËME)
Ne pas avoir peur. N'oublie pas ce qu'on
t'a appris. Ce n'est pas aussi compliqué
que ça en a l'air.

                    CHEF
Quand tu te parles à toi même comme ça, ce
n'est pas très rassurant !

                    LION
Il t'en faut peu !

Ils entendent la glace grincer derrière
eux. Ils se retournent et voient une
sublime femme en robe de soirée argentée

et pailletée qui avance sur la glace en scintillant de mille feux. Le lion craque son cou et sort une machette accrochée derrière son dos. La femme glisse gracieusement vers eux. Le lion fait signe à sa chef de ne pas bouger.

FEMME

Je suis perdue dans cet endroit glacé et isolé, pouvez-vous me venir en aide ?

LION

J'en doute fort.

FEMME

Je vous en supplie il fait froid et j'ai besoin d'aide, je ne veux pas mourir ici.

LION

Et pourtant ça va être le cas !

Le lion lève sa machette et décapite la femme d'un coup sec et brutal. Du sang lui gicle au visage. La chef se met à hurler.

LION

Ah ça commence bien !

Un épouvantable rugissement éclate derrière la chef, suivi d'un puissant bruissement d'ailes.

LION

Le plus dur arrive maintenant !

Un gigantesque dragon surgit alors de nulle part et hurle en direction du lion.

LION

Allez, viens !

Le dragon bat ses ailes impressionnantes et fonce sur le lion.

C'est alors que de nouvelles images surgissent.

LION
Ah non pas maintenant, je dois absolument rester concentré !

Les images persistent et perturbent le lion. Le dragon, gueule ouverte, se met à cracher du feu. Le lion est pris dans les flammes, la glace du lac fond sous lui, se craquèle puis cède. Le lion coule sous l'eau gelée.

DRAGON
Ha ! Ha ! Ha ! Voilà pourquoi tu fais des erreurs. Tu perds le fil de ton travail

bien trop vite et tu fais des erreurs grossières !

Les images disparaissent. Le lion est remonté à la surface. Il crache de l'eau puis expire en fermant les yeux pour se maitriser. Il les ouvre d'un coup et attrape un morceau de glace. Il sort de l'eau et se relève en souffrant. Tout le côté droit de son visage est déchiré, brulé par les flammes. Il a du mal à sentir et à bouger ses membres frigorifiés.

DRAGON
Tu ne t'arrêtes jamais ? Tu reviens toujours à la charge, tu persistes malgré la souffrance, lâche prise ça ira mieux !

LION
Jamais ! Je ne suis pas maso mais je n'ai pas le choix ! Si je veux te liquider je dois souffrir.

DRAGON ET CHEF (EN MEME TEMPS)
Pourquoi ?

LION
Parce que j'ai toujours l'espoir de réussir. Alors je ne laisse jamais tomber même si je suis à terre, j'ai toujours l'espoir ! Et je pourrais faire ça toute la journée !

Le lion arrache la peau complètement carbonisée faisant apparaitre les muscles et les os de son visage. Le dragon fonce sur lui. Le lion ne tremble pas et pointe sa machette vers lui. Le dragon se prépare à cracher ses flammes quand le lion bondit et entre dans sa gueule. Il la lui perfore avec la machette. La chef est totalement choquée. Elle reste tétanisée et ne sait quoi dire. Le dragon s'effondre au sol sans vie. Le lion parvient à s'extirper du monstre en criant de joie et de soulagement.

INTERIEUR JOUR - BUREAU
Ben valide sa saisie sur l'ordinateur. De retour à la réalité, sa chef souffle en tentant de reprendre ses esprits. Ben lance un regard interrogateur au lion.

BEN

On va jusqu'au bout du bout ?

LION

Ça va faire mal là !

BEN

Oh oui…

LION

Tu ne peux pas t'arrêter en si bon chemin. Lance toi, je te suis.

Ben attrape une feuille de soins des mains de sa chef.

CHEF

Qu'est-ce que tu fais ?

BEN

J'ai une dernière chose à te montrer.

CHEF

Tu penses qu'on n'a pas déjà fait le tour de ton histoire ? Et je pensais que c'était le dernier exemple.

BEN

C'était un aperçu. Je dois t'en monter encore plus. Regarde cette feuille de soins, l'assuré ne l'a pas signée.

CHEF

Oui, hé bien il faut faire un courrier de retour pour informer la personne et alors ?

BEN

Exactement ! Un retour, une lettre composée de phrases et de mots, le tout avec une grammaire et une orthographe irréprochables.

La chef grimace, elle s'attend au pire, désormais. Ben lui fait un clin d'œil.

EXTERIEUR JOUR - CHEMIN
Le lion est agenouillé sur le sol au beau milieu d'un chemin de pierres en piteux état. Les yeux fermés, il lance dans ses écouteurs « Die another day » de Madonna. Un boulet de forçat est attaché à sa patte avec une chaîne.

LION
Aucune image cette fois mais ce ne sera pas plus simple pour autant.

Il rouvre les yeux et se dresse de toute sa hauteur. Il regarde droit devant lui et avance en trainant son boulet vers une maison non loin. Sa chef le suit.
Ils entendent des hurlements.

LION
Attends-moi ici !

La chef acquiesce et ne bouge pas. Le lion avance lentement vers la maison. Soudain, à quelques pas de la bâtisse, surgit devant lui un loup-garou noir à la musculature impressionnante.

LOUP-GAROU
C'est un plaisir de te retrouver Ben.

LION
Ce n'est pas réciproque.

LOUP-GAROU

Tu m'étonnes !

Le lion saisit le boulet dans sa patte puis expire fortement pour se donner du courage. Il sait ce qui l'attend.
Le loup-garou ricane méchamment et sort ses griffes.

Le lion est sur le point de le frapper avec le boulet mais le monstre s'écarte et lui plante ses griffes acérées dans le flanc. Le lion tombe lourdement en laissant glisser son boulet. Il tente de se relever mais le loup-garou le maintien au sol.

LOUP-GAROU

Tu sais que ça ne marche pas comme ça, Ben. Il suffisait que tu trouves les bons mots , la bonne tournure de phrase. Tu n'y arrives toujours pas alors le combat reprend ! Toi tu traines ton boulet et moi je vais te massacrer, comme toujours. Tu vas souffrir !

Il aiguise ses griffes avec ses dents et prend de l'élan avant de lui sauter dessus. Il lui perfore l'épaule.

LOUP-GAROU

Ça c'est pour tes fautes de grammaire !

Le lion hurle de douleur et regarde son boulet. Il essaie de l'attraper…

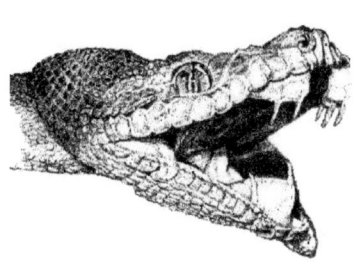

… mais un énorme serpent surgit et plante ses crocs dans sa patte.

SERPENT

Çççççççççça, ccccccc'est pour ton orthographe…

Le lion lui attrape la mâchoire qu'il écarte avec rage jusqu'à entendre un énorme craquement. Le serpent ne bouge plus. Il le balance au sol.

Le loup-garou tente de planter ses griffes gigantesques dans la gueule du lion qui parvient à esquiver le coup. Ce dernier réunit alors ses dernières forces pour maitriser le bras du monstre et le lui briser.

LION
Tu vois je sais encore me battre et à force de volonté, je vais y arriver et toi tu vas mourir !

Le lion lâche le bras meurtri et assène un violent coup de patte au loup-garou dont la tête heurte une pierre en tombant au sol. Du sang coule, il ne bouge plus. Le lion s'écroule de fatigue et se couche sur son boulet.

INTERIEUR JOUR - BUREAU
La chef assise derrière son bureau, face à Ben, est blanche et peine à réagir. Le lion essaye de reprendre ses esprits au fond. Ben ne prononce plus un seul mot, il attend une réaction.

CHEF
C'est donc vraiment ça pour toi d'être dyslexique ?

BEN

Oui. Il existe plusieurs niveaux et formes de dyslexie. Disons que là, j'ai voulu te montrer l'expression d'une souffrance intérieure et permanente. Tout le monde croit que ça s'arrête à confondre des mots, des chiffres ou des lettres… Mais en ce qui me concerne, ça va au-delà de ça.

CHEF

La concentration ?

BEN

Ouais cette satanée concentration qui s'échappe, mais pas que ça ! Il y a aussi une difficulté de compréhension. Parfois j'ai le sentiment de ne pas faire partie du même monde. D'ailleurs tu as bien vu dans quel monde j'atterris par moment.
Mais je dois avouer que pour moi, la concentration reste le plus gros problème. L'orthographe, la tournure des phrases, la lecture, ça peut s'améliorer. Cependant, la difficulté de compréhension et surtout la perte de concentration c'est pour la vie. C'est encore plus dur étant adulte car on a moins le droit à l'erreur. On dit que la dyslexie se soigne bien de nos jours. C'est vrai en partie avec beaucoup de travail et énormément de soutien mais malheureusement certaines séquelles restent à vie.

                         CHEF
Mais… Pourquoi, se faire aussi mal du
coup ?

Ben la regarde en fronçant les sourcils,
surpris par sa question.

                          BEN
Parce que même si ça fait mal, c'est un
défi, il faut y arriver, gagner à tout
prix ! Nous sommes des battants. Ce que
les autres parviennent à faire facilement
comme écrire une phrase ou lire, pour
nous, dyslexiques, c'est une lutte. On n'a
pas vraiment le choix ! Cela engendre une
baisse d'estime de soi et une fragilité
psychologique qu'on a parfois du mal à
expliquer parce que c'est en nous depuis
la naissance. On devient souvent
solitaires presque asociaux car on se
replie sur nous-mêmes. C'est un mécanisme
naturel, comme un mécanisme d'auto-
défense. Alors même si l'on parvient à
vaincre en partie la dyslexie à force de
travail, de persévérance et de volonté,
les séquelles psychologiques sont lourdes.

Ben lui fait un sourire coincé et reste
silencieux un bon moment.

                          BEN
On a fini l'entretien ?

CHEF

Oui tu peux y aller.

BEN

Merci.

Il se lève de sa chaise et sort du bureau.
Sa chef essaye de reprendre ses esprits,
troublée par cette expérience surnaturelle
et essayant de comprendre.

EXTERIEUR JOUR - RUE

Ben sort de l'immeuble un drôle de sourire aux lèvres. Il est satisfait d'avoir eu l'occasion de montrer ce que ce métier représentait pour un dyslexique comme lui. Il sort son portable.

BEN

Bon, mon texto !

Il le relit, des images surgissent encore.

BEN

Bon je répondrai à la maison.

Ben met ses écouteurs. Il regarde sur sa droite et aperçoit le lion.

LION

Tu crois que ta chef a compris ?

BEN

Je me pose la question, c'est tellement complexe. Partager ce qu'il se passe dans ma tête en direct grâce à des exemples concrets a dû la faire réfléchir sur l'impact de cette maladie sur mon travail.

LION

Tu sais que tu aurais dû répondre au texto depuis un bail.

BEN

Je sais…

Au même moment Ben percute son cousin qui venait vers lui.

BEN

Hey cousin ! Félicitations !

COUSIN

Dis-moi, c'était trop dur de m'écrire un petit mot ?

BEN

Non c'est que…

COUSIN

Et ne me dis pas que tu es trop occupé !
Rédiger un petit message ça ne tue pas, tu
sais !

BEN

Regarde, c'est bien mieux de te le dire de
vive voix !

COUSIN

Ouais, mais sans cette rencontre surprise
tu aurais oublié !

Ben baisse les yeux, un peu honteux ne
sachant quoi lui répondre. Le lion
apparait derrière lui.

LION

Si tu lui dis la vérité, il va encore se
foutre de ta gueule.

BEN

Je sais, il ne comprendra pas.

LION

Pourtant ta famille devrait être la mieux
placée pour comprendre ton problème, non ?

BEN

Les parents, les frères et sœurs, les membres les plus proches mais souvent pas les autres. Ils ont du mal à comprendre ce qu'ils ne vivent pas eux même.

LION

Donc ?

BEN

Tu sais très bien ce que je vais faire. J'essaie de cacher au maximum ma dyslexie.

LION

Il ne faut pas en avoir honte. Regarde, tu as été soulagé d'en parler à ton travail !

BEN

Face à des gens comme mon cousin il vaut mieux éviter de se dévoiler.

Ben répond timidement à son cousin.

BEN

Oui excuse-moi, j'avais oublié.

COUSIN

Ah la la, mon pauvre cousin, décidément, tu ne changes pas, tu as toujours la tête dans la lune. Allez, je retourne à l'hôpital tu viens avec moi ?

BEN

Volontiers, je récupère ma voiture et j'arrive.

EXTERIEUR JOUR - RUE

Ben se rend à sa voiture. Alors qu'il ouvre la portière une femme s'approche de lui, en colère.

STELLA

Ça fait plus d'une semaine !

BEN (SURPRIS)

Heu… Ah oui ton mail, désolé, je n'ai pas eu le temps d'y répondre.

STELLA

Ne me dis pas que tu n'as pas eu une minute ! Ok tu travailles beaucoup, je sais, mais à la pause déjeuner ou le soir, tu pouvais bien trouver quelques minutes à me consacrer quand même !

LION

Ça je ne te le fais pas dire, ma belle !

STELLA

Je croyais qu'on avait partagé un super moment tous les deux, que ça avait compté pour toi mais je me suis bien trompée. Toi tu m'oublies de suite et tu ne prends même pas la peine de me répondre.

BEN

Non ce n'est pas ça du tout. Tu ne me connais pas bien. Pour te répondre, il me faut bien plus que quelques minutes. J'ai besoin de temps c'est tout. Les moments partagés avec toi étaient fabuleux et ton mail, si gentil, m'a vraiment touché. C'est pour ça qu'il me fallait du temps pour parvenir à exprimer mes sentiments, pour que tu saisisses vraiment mon état d'esprit.

STELLA

Et je dois te croire, c'est ça ?

BEN

Oui s'il te plait.

STELLA

Je pense que c'est un peu trop facile comme excuse.

Ben voit le lion qui hausse les épaules et qui lève les yeux au ciel, le laissant se débrouiller seul.

BEN

Tu as raison, je n'ai pas pris le temps de te répondre. Voilà, pour moi, notre aventure était simplement un bon moment c'est tout.

Blessée par sa réponse, elle rétorque
sèchement.

STELLA

Tu sais, Ben, tu devrais cesser d'agir
comme un gamin, à te chercher des excuses
bidon. Grandis un peu !

Ben ne bronche pas. Stella préfère ne rien
ajouter et partir. Ben, dépité, s'adosse
à sa voiture. Le lion s'assoie sur le
capot.

LION

Ta vie sociale n'est pas facile.

BEN

Je sais… Cacher la vérité, se renfermer…

LION

Sincèrement désolé pour toi !

BEN

Ouais… Je crois qu'il faudrait que
j'écrive une histoire là-dessus.

LION

C'est pas ce qu'on est en train de faire ?

Ben médite sur sa réponse puis il regarde
droit devant lui en souriant vaguement.

BEN

Ouais mais ça c'est juste une esquisse !

LION

Ce n'est pas faux, il faudrait vraiment montrer les problèmes que nous avons.

BEN

Les gens ne comprennent pas.

LION

Est-ce si important ?

BEN

Oh oui !

LION

Pourquoi ?

BEN

Pour que les gens comprennent qu'on n'est pas si différents…

LION

Cette différence considère-la comme une force et non une faiblesse. Tu ne seras jamais aussi fort que lorsque cela devient ton seul choix ! Tu parles souvent des conséquences mais quels bénéfices la dyslexie t'a-t-elle apportés ?

BEN

Une grande imagination, une curiosité accrue, une capacité à penser avec des images, un esprit créatif et combattant,

une intuition puissante. Sans oublier une
faculté de travail énorme par habitude.

LION

Et ça tu crois que tout le monde le
possède ?

BEN

J'en sais trop rien.

LION

N'oublie pas qui tu es et sois fier de ce
que tu as accompli, Ben ! Tu sais ce qui
est le plus important dans tout ça ?

BEN

C'est quoi ? Je t'en prie, éclaire-moi.

LION

La façon dont les autres te considèrent
n'est pas le plus important. En revanche
comment toi tu te vois, c'est ça qui compte
vraiment, Ben.

BEN

C'est simple je me vois en toi. J'ai
toujours voulu être un lion !

LION

Alors il n'y a rien d'autre à ajouter. Tu
peux être moi, être un lion !

Ils se fixent puis se mettent à rire avant
de se taper dans la main.

« *Mes cicatrices intérieures racontent une histoire. Elles me remémorent les moments où la vie a voulu me briser mais a échoué. Dyslexique et fier de l'être !* »